Vente du 11 Décembre 1885

(SALLE SILVESTRE)

CATALOGUE

DE

LIVRES RARES

ANCIENS ET MODERNES

THÉOLOGIE

LANGUES HÉBRAIQUE, CHALDAIQUE, SYRIAQUE, ETC.

ET OUVRAGES DIVERS

COMPOSANT

LA BIBLIOTHÈQUE DE FEU M. HIPPOLYTE LAURENS

Officier de l'Instruction publique

Membre de la Société asiatique et de l'Académie catholique de Rome, etc.

Biblia polyglotta. Édition Walton, avec *Lexicon* (bonne édition). — Biblia Hebraica. *Antverpiæ, Plantinus*, 1571-1572. — La même Bible, 1584. — Nouveau Testament en hébreu et en syriaque. — Rosenmuller. Scholiæ in vetus Testamentum; idem in Novum Testamentum. 28 vol. — Critici Sacri, avec *suppléments*, 1650-1732, 14 vol. in-fol. vél. — Schleusner. Novus Thesaurus philologico-criticus, avec *Lexicon*, 1819-20, 6 vol. — Grammaires hébraïques, chaldéennes, syriaques, arabes, etc. — Collection des classiques français et étrangers, *édition Didot*. — Collection des auteurs latins, publiée par Nisard. — Publications diverses de l'abbé Migne. — Univers pittoresque, 67 vol. — Panthéon historique, 17 vol. — Encyclopédies, etc., etc.

PARIS

Vᵛᵉ ADOLPHE LABITTE

LIBRAIRE DE LA BIBLIOTHÈQUE NATIONALE

4, RUE DE LILLE, 4

1885

LA VENTE AURA LIEU

Le Vendredi 11 Décembre 1885

A 7 heures 1/2 précises du soir

RUE DES BONS-ENFANTS, 28 (MAISON SILVESTRE)

SALLE N° 2

Par le ministère de Me MAURICE DELESTRE, commissaire-priseur

RUE DROUOT, 27

Assisté de M. Ém. PAUL, gérant de la Librairie Vve Adolphe LABITTE

ORDRE DE LA VACATION

LIVRES EN LOTS

CONDITIONS DE LA VENTE

La vente se fait expressément au comptant.

Les acquéreurs payeront 5 p. 100 en sus des enchères, applicables aux frais.

Il y aura exposition, le jour de la vente, de 2 à 4 heures.

Les livres devront être collationnés dans les vingt-quatre heures de l'adjudication. Passé ce délai, ou une fois sortis de la salle de vente, ils ne seront repris pour aucune cause.

M. Ém. PAUL, chargé de la vente, remplira les commissions des personnes qui ne pourraient y assister.

CATALOGUE

DE

LIVRES RARES

ANCIENS ET MODERNES

PROVENANT

DE LA BIBIOTHÈQUE DE FEU M. HIPPOLYTE LAURENS

Officier de l'Instruction publique

Membre de la Société asiatique et de l'Académie catholique de Rome, etc.

THÉOLOGIE

1. BIBLIA POLYGLOTTA complectentia textus originales hebraicos cum pentat. Samarit : chaldaicos græcos versionum antiquarum. Cum apparatu, appendicibus, tabulis variis etc. opus totum in sex tomos tributum edidit Brianus Waltonus. *Londini, imprimebat Thom. Roycroft,* 1657, 6 vol. texte à 2 col. bas. ant. — Lexicon heptaglotton cui accessit brevis et harmonica grammatica omnium præcedentium lingarum delineatio. Authore Edm. Castello. *Londini, imprimebat Th. Roycroft,* 1669, 3 vol. vél. texte à 3 col. portrait. — Ens. 9 vol. in-fol.

   Exemplaire avec la *préface* contenant le passage relatif à Cromwell.
   Le Tome I de la *Bible* est incomplet d'un feuillet prélim. et du portrait de Castell.
   Au Tome I du *Lexique* manque le faux-titre. Le *Dictionarium persico-lat.* forme le 3ᵉ vol.
   Mouillures. La reliure de la *Bible* est très-fatiguée.

2. Hebraicorum bibliorum V. Testamenti latina interpretatio, opera olim Xantis Pagnini; nunc vero Benedicti Ariæ Montani. — Novum Testamentum Græcè cum vulgata interpretatione latina græci contextus lineis inserta. *Antverpiæ, excudebat Christoph. Plantinus,* 1571-72, 2 parties en 1 vol. in-fol. demi-rel. bas.

   Première édition.

3. Biblia Hebraica, eorumdem latina interpretatio Xantis Pagnini, recenter B. Ariæ Montani accesserunt huic edi-

tioni libri græcæ etc. — Novum Testamentum Græcum.
Autverpiæ, ex officina Christ Plantini, 1584, 2 parties en
un vol. in-fol. v. br. ant. et un vol. in-fol. cart. — Ens.
2 vol.

Deuxième édition contenant les Livres apocryphes en grec, avec la version
interlinéaire ; ce texte est remargé en 1 vol. in-fol., cart.
La reliure de la *Bible* est restaurée ; sur les plats on lit : *Edmundus Richer,
doctor et socius. Hujus domus donavit an. 1631.*

4. Biblia hebraïca secundum ultimam editionem Jos. Athiæ,
a Johan. Leusden denuo recognitam recensita variisque
notis illustrata ab Everardo van der Hooght. *Amstelæ-
dami, ediderunt Boom,* 1705, 2 vol. — Novum Testamentum *(en hébreu). Londini, Macintosh,* 1 vol. — Ens.
3 vol. in-8, demi-rel. v. brun. *(La reliure n'est pas uniforme).*

Mouillures.

5. Livres de l'Ancien et du Nouveau Testament en hébreu
et en syriaque avec traductions. Réunion de 7 vol. in-4,
in-8 et in-12, rel.

Biblia parva hebræo-latina opera et studio Henr. Opitii edita. *Lipsiæ,* 1714.
— Psalmi Davidis hebraïci et Proverbia Salomonis, Job, Canticum Canticorum,
Ruth, Lamentationes Jeremiæ, Ecclesiastes et Esther hebraïcè cum interlineari
versione Xantis Pagnini, Ben. Ariæ Montani. *S. l. ex officina plantiniana
Raphelengii,* 1608, 2 parties en 1 vol. — Liber Psalmorum Davidis regis et
Prophetæ ex idiomate syro in latinum translatus a Gabr. Sionita. *Parisiis,*
1625.—Lyra prophetica Davidis regis sive analysis critico-practica Psalmorum.
Londini, 1664.—Psalmi Davidis et aliorum in textu originali cum notis edidit
Henr. Jacobus. *Hanoviæ,* 1712, 2 vol.— Novum Testamentum (entièrement en
hébreu) (caracteribus germanicis). *London, Macintosh,* 1840.

6. Vetus Testamentum, græcè, ex antiquissimo Ms. codice
Alexandrino descriptum, cura et studio Joan. Ernesti
Grabe. *Oxonii, e Theatro Sheldoniano,* 1707-1709, 4 vol.
in-8, fig. v. f. ant.

7. Pentateuchus. 1791. — Libri historici, 1832. — Prophetæ
majores et minores, 1779, 2 parties en 1 vol. rel. — Psalmi,
1794 — Jobus, Proverbia Salomonis, Ecclesiastes. Canticum canticorum, 1789. Ex recensione textus hebræi
et versionum antiquarum latinè versi notisque philolo-
gicis et criticis illustrati a Joan. Aug. Dathio. *Halæ, sumtibus orphanotrophei,* 1779-1832, 6 parties en 5 vol. —
Briani Waltoni in Biblia polyglotta prolegomena. Præ-
fatus est D. Jo. Aug. Dathe. *Lipsiæ, Weygand,* 1777, 1 vol.
— Ens. 6 vol. in-8, dont 5 br. et 1 rel.

8. La Sainte Bible. *Paris, Th. Desoer,* 1819, 7 vol. pet. in-12, br.

9. La Sainte Bible en latin et en français avec des notes lit-
térales, critiques et historiques, des préfaces et des dissertations tirées du commentaire de dom Augustin Calmet,
de l'abbé de Vence, etc. Quatrième édition revue, corrigée
et augmentée de diverses notes (par L. E. Rondet). *Paris,*

Mequignon, 1820-24, 25 vol. in-8, cart. et atlas in-4 oblong
de 37 planches, br.

Piqûres de vers au tome I et tache d'encre sur le titre.
Taches de rouille.

10. La Sainte Bible en latin et en français accompagnée de
préfaces, de dissertations, de notes explicatives et de
réflexions morales tirées en partie de Dom Calmet, l'abbé
de Vence, Menochus, Carrières, de Sacy, et autres auteurs
par M. l'abbé Glaire. *Paris, Saintin,* 1834-36, 3 tomes
en 5 vol. in-4, texte à 2 col. demi-rel. bas. bleue et atlas
in-4 obl. avec fig. et cartes, cart.

11. La Sainte Bible en latin et en français. Traduction nouvelle avec des notes littéraires, critiques et historiques
par M. de Genoude. *Paris, Sapia,* 1838-40, 5 vol. in-4,
texte à 2 col. portrait, br.

12. La Sainte Bible en latin et en français accompagnée de
préfaces, de dissertions, de notes, etc. par M. l'abbé Glaire.
Paris, Félix Locquin, 1839, 3 tomes en 5 vol. in-4 et atlas
obl. br.

Exemplaire complètement débroché.

13. La Sainte Bible, texte de la Vulgate, traduction française
en regard avec commentaires par MM. les abbés Clair,
Lesètre, Motais, Grandvaux, Trochon, Bayle, Gillet. etc.
Paris, Lethielleux, 1877-1880, 29 vol. in-8, br.

Le Livre de Josué, 1 vol.—Les Juges et Ruth, 1 vol. — Les Livres des Rois,
2 vol. — Les Paralipomènes, 1 vol. — Le Livre des Psaumes, 1 vol. — Le Livre
des Proverbes, 1 vol. — Le Livre de la Sagesse, 1 vol. — L'Ecclésiaste, introduction critique, 1 vol. — L'Ecclésiaste, 1 vol. — Le Cantique des Cantiques,
1 vol. — Introduction générale aux Prophètes, 1 vol. — Isaïe, 1 vol. —
Ezéchiel, 1 vol. — Daniel, 1 vol. — Les petits Prophètes, 1 vol. — Esdras et
Nehemias, 1 vol. — Tobie, Judith et Esther, 1 vol. — Les Machabées, 1 vol. —
Le Langage symbolique et le sens spirituel des Saintes Ecritures, 1 vol. —
Evangile selon St-Matthieu, 1 vol. — Evangile selon St-Marc, 1 vol. — Evangile
selon St-Luc, 1 vol. — Les Actes des Apôtres, 1 vol. — Epitres de St-Paul,
1 vol. — Epitres catholiques, 1 vol. — Apocalypse de St-Jean, 1 vol. — Table
homélitique ou Thesaurus biblicus, 1 vol. — Synopsis evangelica, 1 vol.

14. Anciens et Nouveaux Testaments. Réunion de 5 vol.
in-4, in-8 et in-12, rel. et br.

Les Pseaumes dans l'ordre historique, nouvellement traduits. *Paris,* 1742.
— Cento Salmi tradotti litteralmente dal testo ebraico e commentati da Fr.
Saverio Patrizi. *Roma,* 1875. — Pericopæ evangelicæ. Illustravit Christ.
Theoph. Kuinoel. *Lipsiæ,* 1796, 2 vol. — Codex apocryphus Novi Testamenti.
Opera et studio Joan. Carol. Thilo. *Lipsiæ,* 1832. (*tome I*).

15. Morceaux choisis de la Bible, modèles de littérature et
de morale sacrée, traduits sur les textes originaux,
accompagnés de notices par H. Laurens. *Toulouse, l'auteur
(typogr. Rives et Faget),* 1869, in-8 de 486 p. br.

101 exemplaires.

16. Traductions du Livre des Psaumes. Réunion de 7 vol.
in-8 et in-12, br.

Le Livre des Psaumes, traduit en français, par l'abbé Danicourt, 1826. —
Le Livre des Psaumes, traduit par l'abbé L.-J. Bondil, 1840, 2 vol. — Les

Psaumes disposés suivant le parallélisme, traduits par l'abbé Bertrand, 1857.
— Les Psaumes, traduits littéralement sur le texte avec un commentaire par
l'abbé Crelier, 1858, tome I (*incomplet du titre*). — Les Psaumes, traduits en
français par l'abbé Mabire, 1868.—Les Psaumes, traduits de l'hébreu en latin,
analysés et annotés en français, par M. Le Hir, publiés par M. Grandvaux,
1876.

17. Psalmorum Davidicorum analysis, adjungitur commen-
tarius amplissimus. Auctore R. P. Thoma Le Blanc.
Coloniæ-Agrippinæ, apud Joan. Wilhelm. Friessem, 1697,
6 tomes en 3 vol. in-fol. texte à 2 col. front. vél.

Piqûres de vers au bas des marges des deux derniers volumes.

18. Joan. Lorini, societatis Jesu commentarii in librum
Psalmorum, cum indicibus locorum Sacræ Scripturæ.
Veneliis, sumptibus Hieronym. Albritii, 1718-20, 4 vol.
in-fol. texte à 2 col. front. vél.

Taches de rouille.

19 Traductions du Livre de Job. Réunion de 4 vol. in-8,
dont 3 br. et 1 en demi-rel.

Job et les Psaumes, Traduction nouvelle par H. Laurens. 1839.—Le Livre de
Job, traduit en vers français par L. F. Baour-Lormian. 1847. — Le Livre de
Job. Traduction par l'abbé Le Hir. 1873. — Le Livre de Job, traduit par Ern.
Renan. 1881.

20. Quatuor Evangelia Novi Testamenti ex latino in hebraicum sermonem versa ab Joan. Baptista Jona (latiné et
hebraicè). *Romæ, typis S. C. Prop. Fidei*, 1668, in-fol. texte
à 2 col. fig. demi-rel. bas.

Mouillures.

21. Novum Testamentum syriacum cum lexico et institu-
tionibus L. syriacæ. Accedunt notæ difficiliora N. T. loca
explicantes. Authore Ægidio Gutbirio. *Hamburgi*, 1663-
1664, 2 vol. pet. in-8, titre gravé, demi-rel. chag. bleu
avec coins. fil.

A la fin du Tome II du *Novum Testamentum syriacum* se trouve: Ægidii
Gutbirii notæ criticæ in Novum Testamentum syriacum, revisæ et emendatæ
a Joh. Mich. Gutbirio. *Numburgi*, 1706.
On a joint au *Novum Testamentum syriacum* les deux ouvrages suivants
reliés comme les précédents : Ægidii Gutbirii lexicon syriacum cum spicilegio
et appendice. *Numburgi*, 1706, in-8 (*taches de rouille*). — Scholæ syriacæ
libri tres. Authore Joh. Leusden. *Ultrajecti*, 1658, in-8.

22. Novum Testamentum syriacum cum versione latina cura
et studio Johan. Leusden et Caroli Schaaf editum. Secunda
editio, a mendis purgata, 1 vol. — Lexicon syriacum
concordantiale, omnes Novi Testamenti syriaci voces, et
linguarum affinium dictiones complectens, elaboratum a
Carolo Schaaf. 1 vol. *Lugduni Batavorum, apud Joh.
Mullerum*, 1708-1717. — Ens. 2 vol. in-4, bas. racine.

23. Concordantiæ Sacrorum Bibliorum hebraïcorum, in
quibus Chaldaïcæ etiam libror. Esdræ et Danielis suo
loco inseruntur. Auctore R. P. F. Mario de Calasio. *Romæ,*

apud Steph. Paulinum, 1621, 4 vol. in-fol. titre gravé, texte à 2 col. vél.

Titre racommodé au Tome III. Mouillures au Tome IV.

24. Sacrorum Bibliorun vulgatæ editionis Concordantiæ ad recognitionem jussu Sixti V Pont. max. bibliis adhibitam a Francisco Luca primum recensitæ, accuratissimè editæ. *Insulis, ex officina Lefort*, 1837, 2 tomes en 1 vol. in-8, texte à 3 col. front. demi-rel. chag. vert.

Taches de rouille.

25. Fabricius. Codex pseudepigraphus Veteris Testamenti collectus, castigatus, testimoniisque censuris illustratus. 2 vol. — Codex apocryphus Novi Testamenti collectus, censuris illustratus. 3 parties en 2 vol. *Hamburgi*, 1703-1713. — Ens. 4 vol. in-8, dont 2 en vél. et 2 en demi-vél. avec coins.

26. R. P. Natalis Alexandri historia ecclesiastica Veteris Novique Testamenti. *Parisiis, sumptibus Ant. Dezallier*, 1714, 8 tomes en 7 vol. in-fol. (les tomes I et II sont en 1 vol.) texte à 2 col. v. ant. marb.

Ouvrage favorable aux libertés de l'Eglise gallicane.
Mouillures.

27. ROSENMULLER (Ern. Frid. Car.). Scholia in Vetus Testamentum. *Lipsiæ, Barth*, 1821-23, 11 parties en 23 vol. *(les premiers ff. du tome I de la 3e partie sont rongés dans le haut, le texte de la préface est atteint.)* — D. Jo. Georg. Rosenmulleri scholia in Novum Testamentum. Editio sexta, auctior et emendatior. *Norinbergæ, Felsecker*, 1825-1831, 5 vol. — Ens. 28 vol. in-8, br.

Taches de rouille.

28. Critici sacri, sive annotata doctiss. virorum in V. et N. Testamentum, quibus accedunt tractatus varii theologico-philologici, 8 tomes en 9 vol. *(Le tome I est en 2 parties)*. — Thesaurus theologico-philologicus (edente G. Menthen). 2 vol. — Thesaurus novus dissertationum ad selectiora V. et N. Testamenti loca, ex musæo Th. Hasæi et C. Ikenii, 2 vol. — Lud. Capelli critica sacra. 1 vol. — *Amstelodami et Lutetiæ Parisiorum*, 1698-1701, 1732 et 1650. — Ens. 14 vol. in-fol. texte à 2 col. vél.

Edition préférée à celle de *Londres*. Les 14 volumes se trouvent difficilement réunis.

29. Critici sacri : sive annotata doctiss. virorum in V. ac N. Testamentum, quibus accedunt tractatus varii theologico-philologici. *Amstelodami, excudunt H. et vidua Theod. Boom*, 1698, 8 tomes en 9 vol. in-fol. *(le tome I en 2 parties)* v. f. ant. fil.

30. Matt. Poli Synopsis criticorum aliorumque S. Scripturæ

interpretum. *Francofurti ad Mænum*, 1712, 5 vol. in-fol.
texte à 2 col. vél.

Edition augmentée de remarques sur les livres que les protestants
regardent comme apocryphes.

31. Guilielmi Gesenii thesaurus philologicus criticus linguæ
hebreæ et chaldaicæ Veteris Testamenti. Editio altera,
secundum radices digesta priore germanica, longè auctior
et emendatior. *Lipsiæ, Vogel*, 1829-35, 3 vol. in-4, br.

Le dernier cahier du tome III renferme les *Indices*.

32. Schleusner. Novus thesaurus philologico-criticus, sive
lexicon in LXX et reliquos interpretes græcos ac scriptores
apocryphos Veteris Testamenti, post Bielium et alios viros
doctos congestus et editus, 5 parties en 3 vol. — Novum
lexicon græco-latinum in Novum Testamentum. Editio
quarta emendatior et auctior. 2 vol. *Lipsiæ, Weidmann*,
1819-20. 5 vol. in-8, demi-rel. bas. viol. *(Rel. uniforme.)*
et 1 vol. br. — Ens. 6 vol.

Le *Novus thesaurus* est précédé du : *Lexicon manuale hebraicum et
chaldaicum cum indice latino vocabulorum. Auctore J.-B. Glaire. Parisiis,
Mequignon*, 1843.

33. Mélanges de critique sacrée, etc. Réunion de 10 vol.
in-4 et in-8, rel. et br.

Eduardi Leigh critica sacra, id est observationes philologico-theologicæ in
omnes radices et voces hebræas V. Testamenti. Accessit appendix. *Gotheæ*,
1735. — Rob. Bellarmini explanatio in Psalmos. *Rotomagi*, 1682. — Quæstiones
e sacra scriptura. Autore Ant. Zanolini. *Patavii*, 1725. — Joh. Olearii
exercitationes philologicæ græcum Epistolarum dominicalium textum concer-
nentis. *Lipsiæ*, 1672. — Introductio in Libros sacros Veteris Fœderis in
epitomen redacta a Joh. Jahn. *Viennæ*, 1814. — Hermeneutica sacra seu
Introductio in omnes singulos libros sacros Veteris ac Novi Fœderis. Auctore
J.-H. Janssens. *Parisiis*, 1843. — Bibliotheca sacra seu syllabus omnium ferme
Sacræ Scripturæ editionum ac versionum. Labore et industria Jacobi Le Long.
Lipsiæ, 1709, 2 vol. — Aponii in Canticum canticorum explanationis libri
duodecim. Curantibus Bottino et Martini. *Romæ*, 1843 — Atlas géographique
et archéologique pour l'étude de l'Ancien et du Nouveau Testament par
Ancessi. *Paris*, 1876. 20 cartes gravées et 20 pl. — Philologiæ sacræ libri
quinque. Autore Salomone Glassio. *Francofurti*. 1653, in-4, vel.

34. Instructions sur le Rituel, par L. A. Joly de Choin, évêque
de Toulon. *Besançon, Montarsolo*, 1827, 6 vol. in-8, br.

Bonne édition enrichie de notes importantes et mise en harmonie avec
le droit civil actuel.

35. Thesaurus patrum, floresque doctorum qui cum in theo-
logia tum in philosophia olim floruerunt. *Mediolani, apud,
A. F. Stella*, 1827, 9 tomes en 55 fascicules in-8, br.

44 fascicules pour le *Thesaurus* et 12 pour l'*Introduction*.

36. Chefs-d'œuvre des Pères de l'Eglise, ou Choix d'ouvrages
complets des docteurs de l'église grecque et latine. Traduction avec le texte latin en regard. *Paris, Bibliothèque
ecclésiastique*, 1837-38. 15 vol. in-8, br.

Taches de rouille.

37. La Cité de Dieu, de Saint-Augustin, édition avec le

texte latin. Traduction par L. Moreau. *Paris, Mellier*, 1846,
3 vol. in-8, br.

38. S. Dionysii areopagitæ opera omnia quintuplici trans-
latione versa et commentariis D. Dionysii a Rikel carthu-
siani. *Coloniæ*, 1556, in-fol. bas.

>   Titre doublé et raccommodé, piqûres de vers. Mouillures.

39. Sancti Ephræmi Syri opera omnia. *Coloniæ, apud Arnoi-
dum Quentelium*, 1616, 3 tomes en 1 vol. in-fol. demi-rel.
bas. marb.

>   Exemplaire fortement piqué de rouille.

40. Œuvres complètes de Saint-François de Sales, évêque
et prince de Genève. *Paris, Meyer*, 1832-33, 16 vol. in-8,
portrait, br.

41. BERGIER (l'abbé). Dictionnaire de théologie. 8 vol. —
Traité de la vraie religion. 8 vol. — Certitude des preuves
du christianisme. 1 vol. — Le déisme réfuté par lui-même.
1 vol. *Paris*, 1826-28. — Ens. 18 vol. in-8, br.

42. Institutions théologiques de Liebermann, traduites en
français sur la cinquième édition. *Paris, Gaume fr.* 1843-44.
5 vol. in-8, br.

43. L'Imitation de Jésus-Christ, par M. de Genoude. *Paris,
Sapia et Pourrat frères*, 1835, gr. in-8, texte encadré,
vign. v. viol. fil. tr. dor.

44. Œuvres de Bossuet, évêque de Meaux. Reproduction de
l'édition de 1816-20 de A. Lebel, revue et corrigée. *Paris,
Paul Mellier*, 1846, 30 vol. in-8, portrait, br.

45. Œuvres de Bourdaloue. *Paris, Lefèvre*, 1838, 5 vol. in-8,
br.

46. Œuvres complètes de Massillon, évêque de Clermont.
Paris, Gauthier frères, 1829, 14 vol. in-8, portrait, br.

47. Œuvres pastorales et oratoires de Monseigneur Perraud,
évêque d'Autun. *Paris, Oudin*, 1883, 2 vol. in-8, br.

48. Histoire pittoresque des religions, doctrines, cérémonies
et coutumes religieuses de tous les peuples du monde,
anciens et modernes, par F. T. B. Clavel. *Paris, Pagnerre*,
1844, 2 tomes en 1 vol. gr. in-8, fig. gravées, demi-rel. bas.
viol. avec coins.

>   Taches d'humidité.

49. Légende Céleste. Nouvelle histoire de la vie des Saints,
par une Société de littérateurs et d'ecclésiastiques. *Paris,
J.-B. Hermann*, 1847, 4 vol. gr. in-8, fig. en couleur, br.

50. Bibliotheca sacra, post Jac. Le Long et Ch. Fr. Bœrneri
iteratas curas ordine disposita, emendata, suppleta, con-
tinuata ab And. Gottl. Masch. *Halæ sumptibus Joannis
Jac. Gebaveri*, 1778-1783, 5 parties en 3 vol. in-4. demi-rel.
bas. viol.

51. Institutionum hebraicarum abbreviatio M. Pagnino
Autore. *Lugduni, Seb. Gryphio excudente*, 1528. in-8.
parchemin.

> Mouillures. Piqûres de vers.

52. Rites et lois du peuple juif. Réunion de 7 vol. in-4 et
in-8, rel. et br.

> Juris Hebræorum leges CCLXI. Auctore Joh. Henr. Hottingero. *Tiguri*,
> 1655. *(titre racommodé.)* — Manuale legum Mosaïcarum, Accurante Josua
> Arndio. *Gustrovi*, 1666. — Sam. Strykii leges forenses mosaicæ cum jure
> romano collatæ. *Bremæ*, 1748, portrait. — Antiquitates hebraicæ delineatæ a
> Conrado Ikenio. *Bremæ*, 1741, front. — Disputationes ad sacram scripturam
> spectantes, collectæ ab Ant. Zanolini. *Venetiis*, 1753. — Jo. Fr. Buddei intro-
> ductio ad historiam philosophiæ Ebræorum. Accedit dissertatio de hæresi
> Valentiniana. *Halæ Saxonum*, 1720. — Rituel des prières journalières à
> l'usage des Israélites, traduit de l'hébreu par J. Anspach. *Metz, s. d.*

53. La Kabbale ou la philosophie religieuse des Hébreux.
Paris, L. Hachette, 1843, in-8, br.

54. Reuss. Le Psautier ou le livre de cantiques de la
synagogue. Traduction nouvelle avec introductions et
commentaires. 1 vol. — Philosophie religieuse et morale
des Hébreux. Job, les Proverbes, l'Ecclésiaste, etc. 1 vol.
— *Paris, Sandoz et Fischbacher*, 1875-78. — Ens. 2 vol.
in-8, br.

55. Histoire de la poésie des Hébreux, par Herder, traduite
de l'allemand par Mme de Carlowitz. 1 vol. — Etudes
littéraires sur les poètes bibliques, par Mgr. Plantier. 2 vol.
— *Paris*, 1855-1865. — Ens. 3 vol. in-8, br.

56. Rigveda-Sanhita, liber primus, sanskrite et latine
edidit Friedr. Rosen. *London, Allen*, 1838, in-4, cart.

SCIENCES ET ARTS

57. De l'Esprit des lois, par Montesquieu, précédé de l'analyse de cet ouvrage par d'Alembert. *Paris, P. Pourrat*, 1822, 3 vol. in-8, br.

58. Le Livre des récompenses et des peines en chinois et en français, accompagné de quatre cents légendes, anecdotes et histoires qui font connaître les doctrines, les croyances et les mœurs des Tao-Ssé, traduit du chinois par Stanislas Julien. *Paris-London*, 1835, in-8, cart.

59. Dictionnaire universel d'histoire naturelle dirigé par M. Ch. d'Orbigny et enrichi d'un atlas de planches gravées sur acier. *Paris, Langlois et Leclercq*, 1847-49, 13 tomes en 25 vol. (les 12 premiers sont en 2 parties) br. et 283 pl. gravées et en couleur formant 3 atlas.

60. Œuvres complètes de Buffon, avec des extraits de Daubenton et la classification de Cuvier. *Paris, au bureau des publications illustrées*, 1839, 6 vol. — Complément de Buffon, par P. Lesson. *Paris, Garnier frères*, 1848, 2 vol. — Ens. 8 vol. gr. in-8, texte à 2 col. accompagnés de 180 planches gravées et en couleur, par Traviès et Janet-Lange, br.

61. L'Agriculture et maison rustique de MM. Charles Estienne et Jean Liebault. *Lyon, Jaques du Puis*, 1578, in-4, fig. dans le texte, vél.

  Mouillures et piqûres de vers. Taches d'encre.

62. Les Collections célèbres d'œuvres d'art dessinées et gravées d'après les originaux par Edouard Lièvre. Textes historiques et descriptifs par MM. F. de Saulcy, Adrien de Longpérier, A. W. Franks, de Vogüé, Sauzay, etc. *Paris, Goupil*, 1866, in-fol. papier de Hollande, 50 pl. gravées à l'eau forte, cart.

63. Grammaire de l'ornement par Owen Jones, illustrée d'exemples pris de divers styles d'ornements. *Londres, B. Quaritch*, 1865, in-fol. planches en couleur, cart. perc. gren. tr. dor.

BELLES-LETTRES

I. OUVRAGES SUR LES LANGUES ORIENTALES

64. Grammatica linguarum orientalium, hebræorum, chaldæorum et syrorum inter se collatarum. Authore Ludovico de Dieu. *Lugduni Batavorum, ex officina Elseviriana*, 1628, in-4, demi-rel. chag. brun *(déchirure au titre)*. — Institutiones linguarum orientalium hebrææ, chaldaïcæ, syriacæ et arabicæ Innocentii Fessler. Chrestomathiam arabicam addidit Eichhorn. *Wratislaviæ*, 1787-89, 2 vol. in-8, bas. marb. — Ens. 3 vol.

65. Hottinger (Joh. Henr.). Grammatica quatuor linguarum, hebraïcæ, chaldaïcæ, syriacæ et arabicæ, harmonica. *Heidelberg*, 1659, in-8, demi-rel. — Etymologicum orientale sive lexicon harmonicum eptaglotton. *Francofurti*, 1661, in-4, portrait, vél. — Ens. 2 vol.

66. Buxtorf (Joh.). Lexicon chaldaïcum et syriacum. 1 vol. v. br. *(taches de rouille)* — Grammaticæ chaldaïcæ et syriacæ libri III. 1 vol. demi-rel. chag. — Thesaurus grammaticus linguæ sanctæ hebrææ. 1 vol. v. br. ant. — Institutio epistolaris hebraïca. 1 vol. cart. *Basileæ*, 1622-1663. — Ens. 4 vol. in-8.

67. Michaelis (Joan. David). Erleichterte hebraische Grammatica mit einer Tabula synoptica. 1 vol. — Grammatica syriaca. *Halæ*, 1745-1784. 1 vol. — Grammatica chaldaica. *Gottingæ*, 1771. 1 vol. — Ens. 3 vol. in-4 et in-8, rel. et br.

68. Grammatica hebraïca et chaldaïca ex optimis quæ hactenus prodierunt concinnata, auctore Petro Guarin. *Lutetiæ Parisiorum, typis Jacobi Collombat*, 1724-26, 2 vol. in-4, v. ant. marb.

69. Joh. Simonis lexicon manuale hebraïcum et chaldaïcum. Editio tertia. *Halæ*, 1793, in-8, portrait, demi-rel. bas. fauve *(taches de rouille)*.— J. A. Danzii interpres hebræochaldæus omnes utriusque linguæ idiotismos explicans. Editio secunda. *Jenæ*, 1695, in-4, vél. — Lexicon hebraïcum et chaldaïcum in libros Veteris Testamenti edidit M. Ern. Frid. Leopold. *Lipsiæ*, 1832, pet. in-8, demi-rel. chag. grenat avec coins, fil. — Ens. 3 vol.

70. Lexicon manuale hebraïcum et chaldaïcun in Veteris Testamenti libros. Post editionem germanicam tertiam latine elaboravit et auxit Guil. Gesenius. Editio altera emendatior. *Lipsiæ*, 1847, in-8, demi-rel. bas.

71. Grammaires hébraïques. Réunion de 5 vol. in-4 et in-12, reliés en vél. et en veau.

Grammatica linguæ sanctæ auctore Marco Marino. *Basil.*, 1580, *(taches).* — Thom. Erpenii grammaticæ hebrææ generalis editio tertia. *Lugduni Batavorum*, 1659. — Henr. Diestii grammatica hebræa. *Daventriæ*, 1665. — Bellarmin, grammaire hebraïque. *S. l. n. d. (Incomplet du titre).* — Schikardi Horologium ebroeum. *Londini*, 1675. *(Mouillures.)*

72. JAHN (Joh.) : Grammatica linguæ hebraïcæ. 1 vol. — Elementa aramaicæ seu chaldæo-syriacæ linguæ latina reddita et nonnullis accessionibus aucta ab Andrea Oberleitner. 1 vol. — *Viennæ*, 1809-1820. — Ens. 2 vol. in-8, br.

73. Grammaires hébraïques. Réunion de 5 vol. in 4 oblong. et in-8, rel. et br.

Grammaire hébraïque raisonnée et composée par M. Sarchi. 1828. — J.-B. Glaire : Principes de Grammaire hébraïque et chaldaïque. Lexicon manuale hebraicum et chaldaicum. 1830-32, 2 ouvr. en 1 vol. — Grammaire hébraïque à l'usage des écoles de Sorbonne, par l'abbé Ladvocat, 1765. — Eléments de la grammaire hébraïque par J.-E. Cellérier, suivie des principes de la syntaxe hébraïque, traduits librement de l'allemand de Wil. Gesenius. 1824. — Grammaire hébraïque en tableaux par P. G. Audran. 1805.

74. Principes de grammaire hébraïque et chaldaïque accompagnés d'une chrestomathie hébraïque et chaldaïque avec une traduction française, par J. B. Glaire. 1843, 1 vol. — Manuel de l'hébraïsant, par le même, 1861, 1 vol. — Nouvelle grammaire hébraïque par C. Bonifas-Guizot. *S. d.* (1855), 1 vol. — Ens. 3 vol. in-8 et in-12, dont 2 br. et 1 en demi-rel.

75. Réunion de 8 ouvrages et brochures in-8 et in-12 sur la langue hébraïque et chaldaïque.

Grammaire hébraïque et chaldaïque par l'abbé Garnier. 1842 —Grammaire hébraïque de Robbinowicz, traduite de l'allemand par J. Clément Mullet. 1862. — Le même ouvrage. 1864. — Méthode facile pour apprendre l'hébreu, par L. Blum. 1854. — Rudimenta linguæ hebraicæ, scripsit C. H. Vosen. 1862. — Cours de lecture hébraïque par S. Cahen. 1824. — Mémoire sur le sens démonstratif et réfléchi attribué par Gesenius au mot *(de)* par M. Louis Dubeux. 1857. — Brevis linguæ chaldaïcæ grammatica, litteratura, chrestomathia cum glossario. Scripsit J. H. Petermann. 1840.

76. Langue hébraïque. Réunion de 6 vol. in-8, rel. et dérel. et de 1 brochure.

Institutiones linguæ hebraicæ in sex partes distributæ opera Georg. Mayr. *Lugduni*, 1622. *(Mouillures).* — Matthœi Hilleri institutiones linguæ sanctæ *Tubingæ*. 1700. — Rudimenta linguæ hebraicæ edidit J. Bekker. *Lovanii*, 1826. — Grammatica hebraica auctore Edw. Slaughter. *Parisiis*, 1857. — Mémoire sur le sens démonstratif et réfléchi, attribué par Gesenius au mot *(de)* dans l'Ancien Testament, par L. Dubeux. *Paris* 1857. — Catalogue de la Bibliothèque Quatremère. Troisième partie. *Paris, Franck*, 4 parties en 1 vol. — Josephi Dobrowsky de antiquis Hebræorum characteribus dissertatio. *Pragæ*. 1783. — Brevis de idiotismis sermonis hebræi commentariis, a Breitinger. *Tiguri*, 1737. — Institutio ad grammaticam hebraicam ducens. Scripsit Swyghuisen Grœnemond. 1834. — De accentibus Hebræorum metricis, a Michaelis, *Halæ*, *s. d.*

77. Opitius (Henr.) : Synopsis linguæ chaldaïcæ grammaticæ suæ hebrææ harmonica. *Jenæ*, 1674. 1 vol. — Syriasmus facilitati et integritati suæ restitutus simulque hebraïsmo

et chaldaïsmo harmonicus. *Lipsiæ*, 1691, 1 vol. — Ens. 2 vol.
in-4, le premier en demi-rel. le second en vél.

78. Caroli Schaaf opus aramæum complectus grammaticam
chaldaïco-syriacam : selecta targumin, lexicon chaldaïcum.
Lugduni Batavorum, apud Jordanum Luchtmans, 1686,
3 vol. pet. in-8, demi-rel. chag. viol. avec coins. fil.

79. Grammaires des langues chaldéenne et syriaque. Réunion de 4 vol. in-4 et in-8, rel. dérel. et de 1 brochure.

> Grammatica chaldæa et syra Immanuel Cremellii. *Genevæ*, 1669. (*Mouillures*)
> — Grammatica syra duobus libris methodice explicata a Caspar. Wasero.
> *Leidæ*, 1619. — Lexicon syriacum ab. Ant. Zanolini collectum. *Patavii*, 1742. —
> Alphabet estranghelo ou syriaque ancien. *S. l. n. d.* br. de 46 pp. — Excerpta
> Novi Testamenti syriaci cum latina interpetatione. Auctore Christoph. Cellario,
> *Cizæ*, 1682, 77 pp. — Ejusdem auctoris glossarum syro-latinum nuper vulgatis
> utriusque Testamenti excerptis. *Cizæ*, 1683, 36 pp. 2 parties en 1 vol.

80. Grammatica syriaca, sive chaldaïca Georg. Michælis
Amiræ. *Romæ, apud Jacob. Lunam,* 1596, in-4, demi-rel.
chag. grenat.

> Ouvrage estimé.
> Mouillures.

81. Andreæ Theophili Hoffmanni grammaticæ syriacæ
libri III. *Halæ*, 1827, in-4, cart.

82. Lexicon syriacum continens omnes N. T. Syriaci dictiones et particulas cum spicilegio vocum quarumdam
peregrinarum. Autore Ægidio Gutbirio. *Hamburgi, typis
et impensis autoris*, 1667, pet. in-8, cart.

> Exemplaire court de marges.

83. Institutiones linguæ samaritanæ ex antiquissimis mono-
mentis erutæ et digestæ quibus accedit chrestomathia
samaritana, glossario locupletata. a Frid. Uhlemanno.
Lipsiæ, sumtibus Carl. Tauchnitii, 1837, 2 parties en
1 vol. in-8, br.

84. Grammaires arabes. Réunion de 4 vol. in-8 et in-12 dont
2 br. et 2 en demi-rel. chag.

> Thom. Espenii rudimenta linguæ arabicæ 1 vol. — Proverbia quadam Alis,
> imperatoris muslimici et carmen Tograï 1 vol. *Lugduni Batavorum*, 1628-29,
> 2 vol. — Principes de grammaire arabe, par J.-B. Glaire. 1861. — Nouvelle
> méthode pour faciliter la première étude de l'arabe par Beuzelin. 1855 (*taches
> de rouille*).

II. DIVERS

85. Q. Horatius Flaccus scholiis annotationibus instar commentarii illustratus a Joan. Bond. *Parisiis, apud viduam
Claudii Thiboust*, 1669, in-12, titre gravé. v. ant. marb.

> Mouillures.

86. OEuvres complètes de Pierre Godolin avec traduction en
regard, notes historiques et littéraires par M. M. J. M. Cayla
et Cléobule Paul. *Toulouse, chez Delboy*, 1843, gr. in-8,
fig. gravées, br.

87. Les Jardins ou l'Art d'embellir les paysages, poëme par
Delille. *Paris, Chaptal*, 1841, gr. in-8, fig. gravées, demi-
rel. chag. noir avec coins, fil.

> Quelques taches d'humidité.

88. Odes funambulesques, avec un frontispice gravé à l'eau
forte par Bracquemond, d'après un dessin de Charles
Voillemot. *Alençon. Poulet Malassis et de Broise*, 1857,
pet. in-8, front. br. couv. impr.

> EDITION ORIGINALE.

89. OEuvres de Molière avec les notes de tous les commen-
tateurs, publiés par L. Aimé Martin. *Paris, Lefèvre*, 1845,
4 vol. in-12, br.

90. Julie ou la Nouvelle Héloïse, par J.-J. Rousseau, vignettes
par MM. Tony, E. Johannot, E. Wattier, Lepoitevin, H.
Baron, etc. gravées par M. Brugnot. *Paris, Barbier*, 1845,
2 vol. in-8, fig. hors texte, vignettes, demi-rel. chag. vert
avec coins, fil.

> Taches d'humidité.

91. La Peau de chagrin, par M. H. de Balzac. Edition illustrée par cent gravures en taille douce. *Paris, Abel Ledoux*,
s. d. gr. in-8, fig. demi-rel. bas.

> Taches d'humidité.

92. La Grande ville. Nouveau tableau de Paris comique,
critique et philosophique par MM. Paul de Kock, Balzac,
Dumas, Soulié, Gozlan, Briffault, Ourliac, E. Guinot,
H. Monnier, etc. Illustrations de Gavarni, Victor Adam,
Daumier, d'Aubigny, H. Emy, Traviès, Boulanger, H.
Monnier et Thenot. *Paris, Maresq*, 1844, 2 vol. in-8, fig.
dans le texte et hors texte, demi-rel. bas. r.

> Taches d'humidité.

93. Les Etrangers à Paris, par MM. Louis Desnoyers, J.
Janin, Old-Nick, Stanislas Bellanger, E. Guinot, Marco
Saint-Hilaire, E. Lemoine, Roger de Beauvoir, Ch. Schiller,
et Fremy, etc. Illustrations de MM. Gavarni, Ch. Frère,
H. Emy, Th. Guérin. Ed. Frère. *Paris, Ch. Wareic*, s. d.
in-8, fig. dans le texte et hors texte, demi-rel. bas.

> Taches d'humidité.

94. L'Ingénieux hidalgo Don Quichotte de la Manche, par
Miguel de Cervantès Saavedra. Traduit et annoté par Louis
Viardot. Vignettes de Tony Johannot. *Paris, Garnier
frères*, 1850, 2 vol. in-8, fig. br.

95. **Werther**, par Gœthe. Traduction nouvelle précédée de considérations sur Werther et en général sur la poésie de notre époque par Pierre Leroux, accompagnée d'une préface par George Sand. Dix eaux fortes par Tony Johannot. *Paris, J. Hetzel*, 1845, in-8, fig. de Tony Johannot, br.

> Exemplaire du premier tirage, figures sur papier de Chine.

96. **Sylloge** dissertationum philologico exegeticarum a diversis auctoribus editarum sub proesidio A. Schultens, J. J. Schultens et N. G. Schrœder defensarum. *Leidæ, apud Joh. Le Mair*, 1772-75, 2 vol. in-4, demi-rel. chag. vert.

97. **Œuvres de La Fontaine** précédées de l'éloge de l'auteur par Chamfort. Nouvelle édition ornée d'un portrait et de douze gravures. *Paris, Igonette*, 1826, in-8, texte à 2 col. portrait, fig. br.

> Édition compacte.
> Quelques taches de rouille.

98. **Fénelon**. Œuvres complètes publiées d'après les manuscrits originaux et les éditions les plus correctes avec un grand nombre de pièces inédites (par les soins de MM. Gosselin et Caron). 22 vol. — Histoire de Fénelon, archevêque de Cambrai, composée sur les manuscrits originaux par M. le Cardinal de Bausset. Troisième édition. 4 vol. *Paris*, 1817-1824. — Ens. 26 vol. in-8, br.

99. **Œuvres complètes** de J.-J. Rousseau avec des notes historiques. Nouvelle édition ornée de 50 gravures. *Paris, Furne*, 1846, 4 vol. in-8, texte à 2 col. portraits et fig. br.

100. **Œuvres complètes** de Rollin avec notes et éclaircissements par Émile Béres. Atlas par H. Dufour et Album antique par Albert Lenoir. *Paris, Chamerot*, 1845, 7 vol. gr. in-8, texte à 2 col. 10 cartes gravées, 79 pl. br.

101. **Panthéon** littéraire, collection universelle des chefs-d'œuvre de l'esprit humain. *Paris, Société du Panthéon littéraire*, 1837-1848, 28 vol. in-8, texte à 2 col. br. (les quatre derniers rel).

> Les livres sacrés de l'Orient, traduits ou revus et corrigés par G. Pauthier, 1 vol. — Choix de monuments primitifs de l'église chrétienne avec notices littéraires par J. A. C. Buchon, 1 vol. — Œuvres de St-Jérome publiées par M. Benoit de Matougues, 1 vol. — Œuvres de l'abbé Fleury, précédées d'un essai sur la vie et les ouvrages de Fleury par Aimé Martin, 1 vol. — Œuvres de Platon, 2 vol. — Œuvres philosophiques, morales et politiques de François Bacon, 1 vol. — Œuvres philosophiques de Descartes, 1 vol. — Choix de moralistes français, 1 vol. — Œuvres de Michel de Montaigne, 1 vol. — Les petits poëmes grecs publiés par M. Ernest Falconnet, 1 vol. — Les Mille et un jours, contes persans traduits en français par Petits de Lacroix, 1 vol. — Mille et une nuits, contes arabes, traduits en français par Galland, 1 vol. — Choix des historiens grecs, 1 vol. — Œuvres complètes de Thucydide et de Xénophon, 1 vol. — Ouvrages historiques de Polybe, Hérodien et Zozime, 1 vol. — Œuvres complètes de Flavius Josèphe, 1 vol. — Choix de chroniques et mémoires sur l'histoire de France, 1 vol. — Les Chroniques de Sire Jean Froissart, 3 vol. — Histoire d'Italie depuis les premiers temps jusqu'à nos jours, par le docteur Henri Léo, traduit de l'allemand par M. Dochez, 3 vol. — Lettres édifiantes et curieuses concernant l'Asie, l'Afrique et l'Amérique, publiées sous la direction de M. L. Aimé-Martin, 4 vol.

102. COLLECTION de classiques français et étrangers publiés par Firmin Didot frères, *Paris, Firmin-Didot frères,* 1837-1851, 21 vol. in-8, texte à 2 col. portraits, br.

J.-J. Barthélemy. Voyage du jeune Anarchis en Grèce, 1 vol. cartes. — Bourdaloue. Œuvres, 3 vol. — J. Delille. Œuvres complètes, 1 vol. — Œuvres complètes de Démosthène et d'Eschine, 1 vol.—La Harpe. Cours de littérature ancienne et moderne, 3 vol. — Lesage. Œuvres, 1 vol. — Œuvres de Locke et Leibnitz, 1 vol. — Massillon. Œuvres, 2 vol. — Montaigne. Essais, 1 vol. — Montesquieu. Œuvres complètes, 1 vol. — Mᵐᵉ de Staël. Œuvres complètes, 3 vol. — Œuvres complètes de Sterne et œuvres choisies de Goldsmith, 1 vol. — Théâtre français au moyen-âge, 1 vol. — Volney. Œuvres complètes, 1 vol.

103. Migne (l'abbé J. P.). Publications diverses. 34 vol. in-8, texte à 2 col. br.

Sancti Cypriani opera omnia 1854, 1 vol. — S. Aurelii Augustini opera omnia, 11 tomes en 16 vol. — Supplementum ad opera, S. Aurelii Augustini 1845-49, 1 vol. — Histoire du Concile de trente, par Pallavicini, 1844-45, 3 vol. — Orateurs sacrés, 1854-56, 7 vol. — Œuvres complètes de M. de Bonald, 1859, 3 vol. — Dictionnaire de cosmogonie et de paléontologie 1854, 1 vol. — Dictionnaire des indulgences 1852, 1 vol. — Dictionnaire de géologie et de chronologie 1849, 1 vol.

104. COLLECTION des auteurs latins publiée sous la direction de M. Nisard, avec la traduction française. *Paris, J. J. Dubochet,* 1843-1850, 26 vol. in-8, texte 2 col. br.

Collection complète, moins Tertullien et Saint-Augustin, 1 vol.

105. Chrestomathia rabbinica et chaldaïca cum notis grammaticis, historicis, theologicis, glossario et lexico abbreviaturarum. Auctore Joan. Theodoro Beelen. *Lovanii, typis Valinthout,* 1841-43, 3 vol. in-8. br.

106. Georgii Guilielmi Kirschii chrestomathia syriaca cum lexico. Denuo edidit Georgius Henricus Bernstein. 2 vol. — Chrestomathia syriaca sive S. Ephræmi carmina selecta. Ediderunt, notis criticis illustraverunt Aug. Hahn, et Fried. Ludovicus Sieffert. 1 vol. *Lipsiæ,* 1825-32. — Ens. 3 vol. in-8, br.

107. Publications des textes orientaux. *London, printed for the society for the publication of oriental texts,* 1832-1848, 6 vol. in-4 et in-8, br. et cart.

1. San Kokf tsou ran to stets ou Aperçu général des trois royaumes. Traduit de l'original japonais-chinois par M. J. Klaproth.
2. Kumara Sambhava Kalidasæ carmen sanskritè et latinè. Edidit Ad. Friedr. Stenzler.
3. Sanhita of the sama veda from mss. prepared for the press, by the rev. J. Stevenson and printed under the supervision of H. H. Wilson.
4. Makhzan ul Asrar, the treasury of secrets : being the first of the five poems, or khamsah of shaibh Nizami, of Ganjah. Edited from an ancient manuscript with various readings and a selected commentary by Nathaniel Bland.
5. The Maha vira charita or the history of Rama, a sanscrit play by Bhatta Bhavabhutti, Edited by Francis Henry Trithen.
6. The festal letters of Athanasius discovered in ancient syriac version and edited by William Cureton.

HISTOIRE

108. L'Univers pittoresque. Histoire et description de tous
les peuples, de leurs religions, mœurs, coutumes, indus-
tries. Publié par Firmin-Didot frères. *Paris, Firmin-
Didot frères*, 1835-1850, 67 vol. in-8, texte à 2 col. fig. br.

> Europe, 41 vol. — Asie, 12 vol. (le tome XI manque). — Afrique, 7 vol. —
> Amérique, 5 vol. — Océanie, 3 vol.

109. Le Monde, histoire pittoresque de tous les peuples
depuis les temps les plus reculés jusqu'à nos jours. *Paris,
libr. universelle*, 1846, 10 vol. in-8, texte à 2 col. fig. br.

> Histoire de la Terre Sainte par M. l'abbé Martin, 1 vol. — Histoire de
> France par A. J. C. Saint-Prosper aîné, 2 vol. — Histoire d'Angleterre par
> Aug. Saint-Prosper 1 vol. — Histoires de Grèce et d'Italie par A. A. Duponchel,
> 1 vol. — Histoires d'Espagne, de Portugal, de Hollande et de Belgique par
> Aug. Saint-Prosper, 1 vol. — Histoires d'Allemagne, de Prusse, d'Autriche et
> de Suisse par le Baron de Kerff, 1 vol. — Histoires de Russie, de Pologne, de
> Suède et de Danemarck par A. J. C. Saint-Prosper, 1 vol. — Histoires de la
> Chine, du Japon, de la Perse, de l'Inde, de l'Arabie, de la Turquie, de l'Egypte
> et de l'Algérie par M. de Saurigny, 1 vol. — Histoires d'Amérique et d'Océanie
> par M. Belloc, 1 vol.

110. Panthéon historique, collection d'histoires complètes
des états européens, publiée sous les auspices de MM. de
Barante, Villemain, Aug. Thierry. *Paris, impr. de Béthune
et de Plon*, 1843-44, 17 vol. in-8, texte à 2 col. cartes, br.

> Histoire d'Allemagne par Luden, traduite et continuée jusqu'à nos jours
> par Aug. Savagner, 5 vol. — Histoire d'Angleterre depuis la première inva-
> sion des Romains jusqu'à nos jours par John Lingard, traduite de l'anglais
> par Camille Baxton, 5 vol. — Histoire d'Espagne et de Portugal depuis les
> temps les plus reculés jusqu'à nos jours par M. Paquis, 3 vol. — Histoire
> de l'Empire Ottoman par M. de Hammer, 3 vol. — Histoire de Suède
> depuis les temps les plus reculés jusqu'à nos jours par Erik-Gust. Geyer,
> traduite par J. F. de Lunblad, 1 vol.

111. Histoire des progrès de la civilisation en Europe depuis
l'ère chrétienne jusqu'au XIXᵉ siècle, par H. Roux-Ferrand.
Paris, Hachette, 1833-41, 6 vol. in-8, demi-rel. bas. verte.

> Taches de rouille.

112. Voyages autour du monde depuis Christophe Colomb
jusqu'à nos jours, par les plus célèbres navigateurs, mis
en ordre par Will. Smith. *Paris, libr. de l'Encyclopédie
du XIXᵉ siècle, s. d.* 12 vol. in-8, fig. br.

113. La France et ses colonies, atlas illustré de cent-cinq
cartes dressées d'après les cartes de Cassini du dépôt de la
guerre, des ponts et chaussées et de la marine par
M. Vuillemin. Texte rédigé d'après les documents offi-
ciels par Ernest Poirée. *Paris, Migeon*, 1871, in-4, cartes
gravées et en couleur, plats toile.

114. Histoire de France depuis les temps les plus reculés jusqu'en 1789, par Henri Martin. *Paris, Furne*, 1855-62. 17 vol. in-8, portrait, br.

115. Les Eglises de Paris, précédées d'une introduction de M. l'abbé Pascal. *Paris, J. Martinet*, 1843, in-8, fig. gravées br.

Taches de rouille.

116. La Pologne historique, littéraire, monumentale et illustrée, rédigée par une Société de littérateurs sous la direction de Léonard Chodzko. *Paris, au bureau central*, 1839-41, gr. in-8, texte à 2 col. pl. cart.

Taches de rouille.

117. La Grèce pittoresque et historique ancienne et moderne, par le Dr C. Woodsworth. Traduction de M. E. Regnault, illustrée de 366 gravures sur bois. *Paris, L. Curmer*, 1841, in-8, fig. bas. verte.

118. Histoire des Sultans mamelouks de l'Egypte, écrite en arabe par Taki-Eddin-Ahmed-Makrizi, traduite en français et accompagnée de notes philologiques, historiques et géographiques par M. Quatremère. *Paris-London*, 1837-1845, 2 vol. in-4, cart.

Taches de rouille.

119. L'Egypte au XIXe siècle. Histoire militaire et politique anecdotique et pittoresque de Méhémet-Ali, Ibrahim-pacha, Soliman-pacha (colonel Sèves), par Edouard Gouin, illustrée de gravures peintes à l'aquarelle d'après les originaux de M. J. A. Beaucé. *Paris, Paul Boizard*, 1847, in-8, fig. en couleur. br.

Taches de rouille.

120. Les Vies des hommes illustres par Plutarque, traduites en français par Ricard. *Paris, Lefèvre*, 1836, 2 vol. gr. in-8, texte à 2 col. br.

Taches d'humidité.

121. Dictionnaire historique ou histoire abrégée des hommes qui se sont fait un nom, par l'abbé F. X. de Feller. *Lyon, Rolland*, 1821-23, 10 vol. in-8, texte à 2 col. br.

122. Biographie universelle ou Dictionnaire historique des hommes qui se sont fait un nom, par F. X. de Feller. Nouvelle édition revue et continuée jusqu'en 1838. *Besançon, Outhenin-Chalandre fils*, 1838, 5 vol. in-8, texte à 2 col. portraits, demi-rel. bas. viol.

123. Encyclopédie ou Dictionnaire raisonné des sciences, des arts et des métiers, par une Société de gens de lettres, mis en ordre et publié par M. Diderot et quant à la partie mathématique par M. d'Alembert. *Genève, Pellet*, 1777, 39 vol. in-4, dont 3 de pl. texte à 2 col. portrait. br.

124. Encyclopédie moderne ou Dictionnaire abrégé des
sciences, des lettres et des arts par M. Courtin et par une
Société de gens de lettres. *Paris, Mongie aîné*, 1823-1832,
26 vol. in-8, dont 2 de planches, demi-rel. bas.

Taches de rouille.

125. Encyclopédie moderne, dictionnaire abrégé des sciences,
des lettres, des arts, etc. Nouvelle édition publiée par
MM. Firmin-Didot frères, sous la direction de M. Léon
Renier. *Paris, Firmin-Didot frères*, 1847-1851, 27 vol. in-8,
br. et 399 pl. en feuilles.

126. Encyclopédie du XIXe siècle. Répertoire universel des
sciences, des lettres et des arts. Quatrième édition. *Paris,
libr. de l'Encyclopédie du XIXe siècle*, 1877, 70 vol. in-8,
texte à 2 col. fig. br.

127. **Livres en lots**.

Alais. — Imprimerie administrative et commerciale J. MARTIN.

RED. :

19

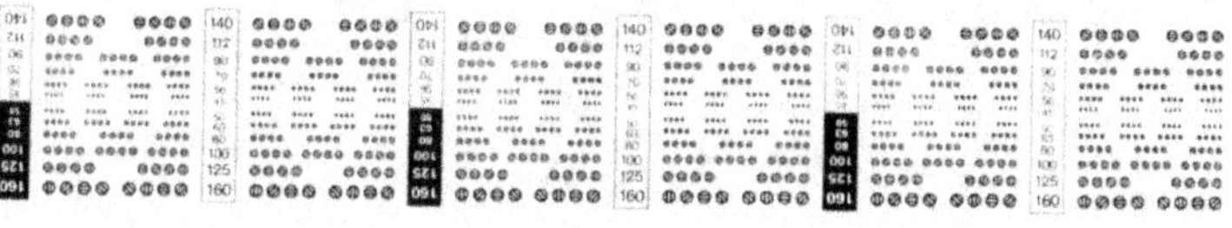

graphicom

0 1 2 3 4 5 6 7 8 9 10

MIRE ISO N° 1
NF Z 43-007
AFNOR
Cedex 7 92080 PARIS-LA DEFENSE